기산리 개울물 소리

기산리 개울물 소리

지은이_ 안기풍
펴낸이_ 조현석
펴낸곳_ 북인
디자인_ 푸른영토

1판 1쇄_ 2023년 01월 30일
출판등록번호_ 313 - 2004 - 000111
주소_ 121 - 842 서울 마포구 서교동 460 - 34, 501호
전화_ 02 - 323 - 7767
팩스_ 02 - 323 - 7845

ISBN 979-11-6512-070-2 03810

책값은 뒤표지에 있습니다.
저자와 협의 아래 인지를 생략합니다.

기산리 개울물 소리

안기풍
시집

도서출판 북인

시인의 말

스물여덟 번째 이사 후

기산리 별천지에서
시와 연애 중이다.

첫 시집이다.

부끄럽고,
기쁘다.

행복하다.

2023년 정월

차례

2부

3부

4부

5부

1부

솔의 정원

웅크린 채 몸 숙였던
꽃들이 향기를 뿜으며
아침햇살에 기지개를 켜네

작약꽃은 속내를 드러내고
금낭화는 하얀 미소를 짓네

팬지와 수국은 하트 자랑으로
순백의 사랑을 보여주고

소나무 향기 가득한 솔의 정원은
활짝 웃는 모습을 닮으라 하네

나팔꽃

시원한 시냇물 소리 들으며
하늘 높이 오르는 나팔꽃

나팔꽃 속에는 별이 보인다

오각형 꽃잎 속에
작은 별이 밝게 빛난다

어느 곳의 별을 따왔는지
어느 별에서 왔는지

꽃잎을 활짝 열고
하늘을 보며
또 다른 별을 찾고 있다

달개비

이른 아침 달개비가
환하게 반겨준다

장닭 울음소리에
일찍 일어나
보랏빛 꽃을 활짝 피웠구나

부지런한 너의 모습은
장닭의 벼슬을 닮아
닭의장풀이라는
이름을 얻었구나

힘들고 지친 사람들에게
보랏빛 희망을
보여주려무나

피고 지고 또 피는
너의 강인한 모습은
I can do it!
캔아저씨와 닮았구나

매미 소리

이른 아침 정원 벤치에서
사색을 즐긴다

매미 울음소리가 정원 가득 울려 퍼진다

정원의 시냇물 소리도
지저귀는 새소리도
매미와 함께 박자를 맞춘다

한여름 매미의 노랫소리는
베토벤의 엘리제를 위하여보다
나에게는 더 큰 감동을 주는 음악이다

백합

솔의 정원에서 숨어 있던
보물을 찾았다

십자가 뒤편 모란 뒤에 숨은
하얀 백합이다

눈에 보이지 않던 백합
정원의 종소리가 울리듯
퍼지는 황홀한 향기에
나는 모든 것을 빼앗겨버렸다

순백의 백합은
도도함과 우아함으로
치장한 작약꽃보다

꿈속처럼 몽롱한 향기로
헤매게 하던 모란보다
더 빛나는 숨어 있던 보석이다

팬지꽃

아침마다 눈을 맞추던
바위 밑 삼색의 꽃

잡초로 알고 풀 뽑듯이
뽑아버렸던 안타까운 꽃

귀한 꽃이라 새롭게 알고
정성 다해 다시 심어놓고

매일 아침 물 주어 가꾸는
아름다운 사랑의 꽃 팬지

별천지 만권당萬卷堂

원송문학회 문패를 지나자
붉은 소나무들이 반긴다

정원 잔디밭에서 강아지 두 마리가
꼬리를 흔들며 인사한다

물 좋고 인심 좋아
신선들이 살았다는
기산리에 자리잡은
별천지 만권당

하늘의 구름도 머물고
바람도 쉬어가는
별천지 만권당

시냇물 흘러가듯이 지나간 세월
주인장과 만권당이 닮아 있다

초승달이 보름달이 되고
꽃이 피고 열매가 맺듯이

별천지 만권당은 주인장의
마음이 느껴진다

권도중래捲土重來
현판이 드디어 주인을 찾았다

새싹

어디에 숨었을까
여기일까
저기일까
하얀 눈 속에 꽁꽁 숨어 있는 너

지난해 함께했던
숨바꼭질을 다시 하고 싶어
봄비 맞으며 너를 기다린다

개울물 소리에 깜짝 놀라
살포시 얼굴 내미는 너
너도 숨바꼭질이 그리웠나보다

봄날 새소리와 함께 온 너
초록빛 너의 자태에서
자연의 위대함을 느낀다

기산리 개울물 소리

장맛비에 개울물 소리가
우렁차다

온갖 쓰레기와
부러진 나뭇가지들이
함께 떠내려간다

마음속에 가득한
속상함
서운함
외로움이
개울물에 함께 떠내려간다

모가 난 내 마음이
둥글어질 때까지

비가 갠 후
개울물에 비친 맑은 하늘처럼
세상에 지친 내 마음에
사랑만 가득 담고 싶다

솔이와 몰라

정원에 부슬부슬 비가 내린다
테라스 종을 힘껏 친다

온몸으로 꼬리를 흔들며
솔이와 몰라가 달려온다

나를 찾아온 친구들에게
사료 한 줌을 내놓는다

솔이와 몰라는 근처에 사는 친구들
종소리가 우리를 연결하는 고리이다

아무리 종을 세게 쳐도
오지 않을 때는
근심 반 걱정 반
마음이 초조해진다

솔이와 몰라가 종소리가
들리지 않는 산으로 갈 때는
대문 밖을 자꾸만 보게 된다

소나무

하얀 눈옷으로 갈아입은 채
수줍어하는 모습에 반했다

추위에 떨지 말라고 덮어준
고마움에 얼굴 붉히는

아파하는 마음을 달래주듯이
솔솔 바람이 속삭인다

우리는 항상 변함없는 동반자
아낌없는 사랑을 주고받는다고

기산리 골목대장

기산리 마을은 조용하다
아이들의 웃음소리가 없다
도로를 누비는 강아지들만 있다

도로 한복판에 앉아 지나가는 자동차를 보고도
녀석들은 꿈쩍도 안 한다

관심을 가져달라고
시위를 하는 것이
어린아이 떼쓰는 것 같다

솔의 정원도
제 집 드나들듯 한다

먹이를 주면 꼬리를 흔들다가
먹고 난 뒤에는 뒤도 돌아보지 않는다

이제 한 살도 되지 않은 솔이와 몰라가
철도 들기 전
골목대장이 되었다

가을 농사

올가을에도 배추와 무를 심는다

하늘이 푸른 가을날에는
어디론가 떠나고 싶지만
배추와 무가 나의 발목을 꽉 잡는다

감자 심었던 땅을 갈아엎은 뒤
모종을 심는다

모종 하나에
정성을 다해 꾸욱 눌러 심는다

기뻐할 가족들의
모습이 눈에 가득하다

비암리 장수마을

새벽을 깨우는 장닭 울음은
비암리 장수마을의 표상이다

앞뒤 산 새들의 조잘거림과
냇물의 속삭임은 다정한 화음

개 짖는 소리, 버스 엔진 소리
13번 노란 버스 첫차 출발한다

설레이는 마음 가득 싣고
양주 시내로 첫차는 출발한다

가을 단풍

봄은 초록 세상을 만들고
여름은 푸르름을 더하고

장난꾸러기 가을은
나뭇잎에 덧칠을 한다

빨강 노랑 파랑 섞어가며
오색 단풍을 만든다

색을 잘못 칠했나
버려지는 나뭇잎이 많다

잘못 색칠한 나뭇잎들을
날려보내 달라고
가을이 바람에게 부탁한다

가을 남자

푸른 산 초록 물결은
가을 단풍에 밀려
어디론가 달아나버렸다

코끝을 몽롱하게 만들던
정원의 밤꽃이
가시가 되어
내 마음을 찌른다

청아하던 시냇물 소리는
더더욱 슬프게 들리고

초록 잎새들은 빨갛게 노랗게
마른 잎 되어
정원에 나뒹군다

가슴 한구석이 휑하다
가을은 이렇게
내 마음으로 온다

2부

고독

새벽 세 시
잠이 달아나버렸다

창문을 열어보니
어둠 속으로 모두 숨어버렸다

이 책 저 책 만지다
스케치북으로 손이 간다

몸은 힘이 드는데
두 눈은 더 말똥말똥하다

잠이 오지 않는 새벽
저 멀리 나의 반쪽에게 줄
빨간 장미를 다시 그린다

시냇물 여행

정원 가장자리
개울물이 흐르는 곳으로
발걸음을 옮긴다

시냇물이 하늘을 삼켰나
물속에 비치는 푸른 하늘 속으로
물고기들이 날아간다

어디로 가는지 말도 없이
구름 타고 여행을 간다

동해

깜깜한 동해 바다
어둠을 뚫고
고깃배가 출항한다

여명은 아직도
멀기만 하다

만선의 꿈을 안고
어둠 속으로
통- 통- 통- 통

수평선 위
떠오르는 태양도
희망을 끌어올린다

라디오

내 짝꿍은 라디오

내 영혼을 빼앗는 TV보다
소리로 듣는 라디오가 더 좋다

라디오를 들으며
상상의 나래를 편다
즐거운 노래에는 어깨가 들썩
슬픈 노래에는 눈물도 흘려본다

어느새
백곰 인형도 내 옆에서
몸을 흔들고 있다

말발도리의 겸손

고개 숙인 너의 모습이
나를 부끄럽게 하는구나

언제나 겸손한 너의 모습에서
세상살이를 배운다

오만과 욕심 속에서
나를 뽐내려 하지만
너만은 겸손이 몸에 배었구나

너를 보면서
내 안에 남아 있는
조그만 욕심마저 내려놓고
부끄럽지 않은 삶을 살고 싶구나

벽시계

시계가 죽었다

힘에 부치는지 이제는
소리가 나질 않는다

내 심장 소리 같은 시계 소리
채각채각 소리가 멈추었다

4분의 2박자, 4분의 3박자, 8분의 6박자
기분에 따라 시계 소리는
매일 다르게 들린다

시계 태엽을 돌린다
죽었던 시계가 다시 살아난다

사랑만이

먹어본 사람은 안다
까치가 쪼은 과일이 제일 맛있고

감나무에 달린 홍시를 따라갈
단맛이 없다는 것을

서로 다른 재료가 모여
가장 맛있는 음식이 되듯

서로 다른 우리가 만나
하나가 될 수 있다

신발 속 돌멩이처럼
불편할 수도 있지만

신발 속 돌멩이야
툭툭 털어내면 그만

우리를 살게 하는 것은
결국 사랑뿐이다

파리

단잠을 깨우는 불청객이
방 안에서 윙윙거린다

손톱보다 작은 파리가
달콤한 잠을 깨운다

네가 이기나
내가 이기나
한밤중에 전투를 벌인다

젊은 시절에는
한 손으로도 잘 잡았는데
눈도 침침해지고
동작도 느리다

파리채를 들면
요리조리
잘도 피한다

파리와 신경전을
벌이다가 날이 샌다

파도

철—썩
철—썩

파도는 모든 것을 둥글게 만든다

뾰족한 바위도
네모난 자갈도
상처받은 내 마음도

둥글둥글
둥글둥글

밀려가는 파도에
너를 향한 그리움도
함께 실어 보낸다

너는 아는지 1

혼자 있는 수많은 밤
보고 싶은 마음은
별이 되어 반짝인다

구름을 벗어난 달이 되어
너의 그림자를 찾는다

오래된 기억은
너를 부르고

불어오는 바람에게
나의 안부를 부탁해본다

너는 아는지 2

밤하늘 유난히 반짝이는
별이
너였다는 것을 나는 안다

구름 속 환하게 비춰주는
달이
너였다는 것도 나는 안다

바람이 너의 안부를
나에게 전해주었다

오래된 기억에서
너를 찾는다

늙은 호박

솔의 정원이 좋아
떠나지 못하는 늙은 호박

호박잎은 벌써 떠났는데
늙은 호박만이 정원에 남아 있다

담장에
생명줄 하나 올려놓았다

바라보는 내 마음에
불끈 힘이 솟는다

농사는 어려워

유채꽃을 보기 위해 씨앗을 뿌렸지만
봄가뭄으로 꽃을 보지 못했다

대지에 흩날리는 먼지는
애타는 농부의 마음이다

새로운 기대로
거름을 뿌리고 열무 씨를 심고
매일 물도 주었다

새싹이 돋아나는 것을 보고
마음을 놓았더니
열무인 줄 알았던 새싹이
열무 반 풀 반으로 변해 있었다

지금까지 게으르다고 생각한 적은 없지만
풀 한 포기 없이 농사를 짓는다는 것이
얼마나 어려운 일이지 새삼 느꼈다

열무의 풍년 농사를 원했지만

수확은 기대에 못 미치고
열무를 맛있게 먹고 싶었던
내 꿈은 욕심이 되었다

수녀님과 정원

솔의 정원 소나무는
수십 년을 한 곳에서 살고 있다

묵묵히 한자리를 지키며
헌신하고 봉사하신 수녀님들과 닮았다

프라도집
이 집에 들어오는 모든 이에게 평화

수녀님들이 떠난 자리
해바라기는 담장 너머로 얼굴을 내밀고

옥잠화는 주인 떠난 자리를 지키며
대문만을 바라보며 하얀 꽃을 피웠다

수녀님들이 떠나간 자리
모두가 쓸쓸한 가을을 맞이한다

기산리

산허리 돌아 37번 마을버스가
오색 단풍 가득 싣고
기산리로 달려온다

장마가 지나간 자리
기산리 산천은
날마다 새 옷으로 갈아입는다

청아한 시냇물 소리와 함께
동네 강아지들도 닭들도 날아가는 새처럼
춤추며 합창을 한다

마을버스가 데리고 온
오색 단풍 손님들이
기산리를 꽉 채운다

나의 케렌시아

산과 개울
그리고 정원이
어우러진 곳

경기를 끝낸 투우장의 소가
휴식을 찾듯이
끊임없이 달려온 지난 날들이
이제는 쉼을 찾는다

살면서 받은 마음의 상처
일하면서 얻은 마음의 상처를
치유하고 추스른다
솔의 정원, 나의 케렌시아

3부

어떤 밤

언제부턴가 혼자 있기를 좋아한다
많은 사람들 속에
사색이 유일한 친구다

오늘 밤
별을 옆에 두고
시냇물 소리를 음악 삼는다

소나무도 그림자
친구 하나 만든다

시인은
시끄러운 도시
메마른 마음을
좋아하지 않는다

오늘 밤은
반짝이는 별
둥근 달빛
소나무 그림자와
오랜 시간을 보낸다

책이 주는 기쁨

책이 좋아
밤을 새워 책을 읽는다

책 속에서 인생을 배운다
책 속에서 마음을 비운다
책 속에서 기쁨을 얻는다

옛날 그 시절로
시간여행을 떠난다

시 속에 빠져들면
내가 김정희가 된 듯하다
나의 부족함을
보듬어주고
내 심장을 뛰게 한다

추사의 시가
내 마음을 모두 빼앗아 가버렸다

그가 살던

그 시절로 돌아가
막걸리 한 사발 앞에 두고
함께 풍류를 즐기고 싶다

인생과 밤나무

정원을 향기로 가득 채우던
밤나무 꽃은
장맛비에 모두 떨어졌다

꽃이 떨어지기 싫어도 떨어지듯이
죽기 싫어도 죽어야 하는 인생을
생각한다

가는 세월 잡을 수가 없듯이
꽃이 떨어져야 열매가 맺히는
가장 단순한 진리로
겸손을 가르치고 있다

책장

책장 속으로 책들과
함께 들어간다

오른쪽에 있는 친구는 시인이고
왼쪽에 있는 친구는 수필가이다

시에 빠져
수필에 젖어
시간 가는 줄 모른다

새 친구가 틈새로 들어온다
소설가이다

허황한 이야기인 줄 알면서도
유혹되어 빨려들어간다

책장 속에서
수많은 인생을 만나고
변화하는 나를 만난다

원송문학회

시를 사랑하는 사람들이
기산리 별천지에 모였다

커피 향 가득한 테라스에서
반백의 여자들과 남자들이
인생을 논한다

시인, 선생님, 기자, 복지사
발명가, 농부, 주부
모두 하는 일은 다르지만
문학소녀, 문학소년이었던 사람들

봄이면 김소월의 진달래가
앞산을 붉게 물들이고

달빛과 함께 이태백의 시가
내 곁으로 다가온다

가을이 오면 미당의
누이 같은 꽃 국화꽃 향기가

온 정원을 가득 채운다

추사의 멋진 필체는
흰 눈 내리는 겨울
독야청청 붉은 소나무들과
친구가 된다

그동안 삶이 힘들어
접었던 문학의 꿈을
반백을 훌쩍 넘겨 꽃피운다

광탄 오일장

동네 어르신과 광탄 오일장으로
가는 발걸음이 아이보다 신난다

슈퍼보다 싼 싱싱한 채소를
덤으로 더 주는 정으로
어르신은 오일장을 기다리신다

오늘은 풀빵 이천 원
공갈빵 육천 원
그리고 강냉이 이천 원

수염이 멋지다는 칭찬 한마디에
뻥튀기 한 봉지를 더 샀다

장터 인심은 옛날이나
지금이나 변함없다

광탄 오일장은 추억을 선물한다
인심은 덤이다

고향의 기억

한평생 산과 들을
뛰어놀던 기억을 가지고 살았다

벼가 고개 숙인 논에서 메뚜기 잡고
개천에서 개구리 뒷다리로 허기진 배를 채웠다

나이가 들수록
고향 생각이 난다
귀소본능이다

내가 살던 고향은
도시로 변했고
기산리가
새로운 고향이 되었다

내 마음속 절해고도에
새로운 고향이 생겼다

날고 싶다

커피 한 잔 앞에 두고
정원에 앉아 있다

나비가 날아다니고
새들도 자유롭게 날아간다

나비처럼, 새처럼
자연 속에서 마음껏 날고 싶다

잃어버린 동심을 찾아
다시 한번 날고 싶다

나는 무엇을 할 수 있나

뜨거운 태양은
푸른 하늘을 빨갛게 물들인다

저 넓은 바다는
뜨거운 태양을 품는다

태양은 하늘을 어머니 품속처럼
편안하게 물들이고
바다는 태양을 자식처럼 품는다

나는 누구인가
나는 무엇을 할 수 있나

시詩에 빠지다

너에게 빠져들었다
너는 내 사랑이다

잠이 오지 않는 밤
너에게 하고 싶은 말을 쓴다

말하지 못한 것
글자 하나
단어 하나
문장을 만든다

행동으로 못 한 것
시원하게
통쾌하게
유쾌하게 써내려간다

내 마음속 응어리를 가져간 너
너의 품에서
평생 놀고만 싶다

시인詩人 1

시인은
인생을 시에 녹인다

아픔을 말하고
행복을 노래하고
추억을 되살리고

가슴속 이야기를
담담히 풀어놓는다

모두가 공감할 수 있는 시
모두가 사랑해주는 시

한 편의 시에 인생을
꾹꾹 눌러 써본다

시인詩人 2

시가 좋아
매일 시를 쓰는 사람이 되었다

인생을 살다보니 고난과 슬픔뿐이다
세상을 벗어나고 싶어 책을 읽다보니
시에 빠졌다

시인이 눈으로 보는
모든 것이 시가 되고
생각하는 모든 것이 시가 된다

마음이 따뜻하고
생각이 맑은 사람
세상을 밝게 보고
언제나 웃는 사람

그런 사람이 시인이
되었으면 좋겠다

나도 그런 사람이면 좋겠다

시인詩人 3

시에는 내 영혼이 들어 있다

무릉도원 솔의 정원에서
시끄러운 세상과 담을 쌓는다

시인은
슬퍼도 온전히 슬퍼할 수 없고
기뻐도 기쁨에만 취할 수 없다

시인의 사명으로
그 순간을 써야 한다
시인으로 살아가는
형벌이며 축복이다

시인 예찬

사람들은
혼자 있을 때 외로움을 느낀다

시인이 혼자 있을 때는
외로움도 그리움이 된다

두 사람이 함께 있을 때는
즐겁고 행복하지만
싸우기도 하고 미워하기도 한다

시인 두 사람이 만나면
세상살이 모든 것을
사랑이라는 두 글자로 풀어놓는다

세 명의 사람이 모이면
좋은 일보다 나쁜 일이 더 많다
남이 잘되는 것을
시기하기 때문이다

시인 세 사람이 모이면

하는 말에 날개가 달려
온 세상을 아름답게 물들인다

시인들이 모여 있는 모든 곳은
그들만의 지상낙원이 된다

살아 있다고 느낄 때

글을 쓰는 순간엔
내가 살아 있음을 느낀다

인생의 모든 것은 의미가 있다
무의미한 삶은 죽음과도 같다

살다보면 죽음이
가까이 오기도 하고
고난과 역경이 오기도 한다

나를 돌아보게 된다
뜨거운 심장이 뛰고 있다
나는 아직 살아 있다

불가근불가원不可近不可遠

나뭇가지에 맺힌
이슬이 반짝인다
가까이 가면 물방울이지만
멀리서 보면 물방울 보석이다

사람 사이도
가까이해야 할 사람이 있고
멀리해야 할 사람이 있다

사업을 하다보면
나에게 도움을 주는 사람도 있고
피해를 주는 사람도 있다

불가근불가원 같은
인생을 사는 것이
자혜롭게 살아가는
하나의 방법이다

4부

자화상

거울에 비친 나를 본다

주름진 얼굴에 검버섯
검은 머리카락은
흰 머리카락에 자리를 내준 지 오래다

젊은 날의 열정과 패기는
거울 속으로 모두 숨어버렸다

파스가 친구가 되고
주름진 얼굴에 덥수룩한 수염이
누가 봐도 할아버지이다

찾고 싶다 젊은 청춘
욕심이라 해도 좋다

살아온 날보다 남은 인생이 짧다
거울 속 내 자화상을 웃게 하고 싶다

꿈

어릴 적에는 영화를 보면
영화 속 주인공이 되고 싶고

음악을 들으면
가수가 되고 싶고

감동을 주는 시를 읽을 때면
시인이 되고 싶었다

이십대에는
더 큰 꿈도 꾸었다

삼십대, 사십대, 오십대에는
먹고 살기 위해 꿈을 접고 지냈다

육십대가 되어서야 다시
꿈을 꾸기 시작했다

나는 지금
시인을 꿈꾸고 있다

금리 그리고 인생

금리가 오른다
1.5% → 2% → 3% → 4% → 5% → 6%
어디까지 오를지
두 눈 뜨고 볼 수 없다

원자재 가격도 두 배
물가도 두세 배 덩달아 춤을 춘다

영혼까지 끌어 살며
하루 벌어 하루 살아가는 자영업자

그들의 속이
타들어간다
썩어간다

세상이 미쳤다

고달픈 삶

고단함과 피곤함이
깊은 잠 속을 헤매이게 한다

자정이 지나
또 하루가 시작된다

나는 어디에 있는지
이승인지
저승인지
눈을 떠도 모르겠다

말이 주는 상처 1

지나간 세월은 일장춘몽一場春夢

세상을 살다보니
사람들에게 상처를 받는다

삼십 년 이상
말 때문에 상처를 받았다

옹졸한 내 마음은
그 상처를 쉽게 잊지 못한다

한번 금이 간 도자기에는
흔적이 남아 있듯
사람들과의 관계에도 흔적이 남는다

내리는 빗물에
흐르는 시냇물에
함께 흘러가길 바랄 뿐이다

말이 주는 상처 2

내가 하는 말이
좋은 말이지
나쁜 말인지

나도 모르게 상처를 주었다면
먼저 상대방의 마음을 어루만져주어야 한다

말을 하기 전에
먼저 상대방이 되어보자

한마디의 말이 나와 상대방을
살리기도 하고 죽이기도 한다
악한 말은 소리 없는 총이다

멈춤

앞만 보며 달린다
잠시 멈춤이 필요하다

10㎞, 60㎞, 100㎞
멈춤 없이 달려가는 자동차는
속도감을 느낄 수 없어
더 위험하다

인생도 마찬가지
죽음의 종착역으로
왜 그리 빨리 달려가는지

잠시 멈추면
행복과 사랑이 옆에 있는데

인생 운전에서
나 자신을 되돌아볼
잠시의 멈춤이 필요하다

서울 상경

덜컹덜컹 달리는 기차 객차 사이로
풍경을 보며 충청도 촌놈이
비장한 각오를 한다

가난이 싫어 돈을 벌어
자가용을 타고 시골 내려가는
꿈 하나로 무작정 기차를 탔다

느릿느릿 역마다 쉬어가는 비둘기호
기차 난간을 잡고 시골 촌놈이
서울로 올라간다

가진 것은 아무것도 없다
건강한 몸뚱이에
젊은 패기뿐이다

눈을 크게 떠도 코 베어가는
서울이라는 곳에서 촌놈이
성공하기란 하늘의 별 따기이다

시골에 계신 부모님을
호강시켜 드리기 위해
무작정 상경했다

1980년대 초
매일 야근에 지친 몸은
어디 한 곳 편히 쉴 곳이 없었다

부모님 생각
고향 생각이 날 때마다
이를 악물고 꿈을 포기하지 않았다

그때부터 외쳤던 말
I can do it!
지금의 나를 있게 한 말이다

1991년 9월 5일 고척공구상가
다섯 평 사무실에 사업자등록과
무역업 등록을 한
꿈만 같았던 그때를 지금도 잊지 못한다

월급날의 비애

사업을 시작한 지
강산이 세 번 바뀌고도
이 년이나 지났다

IMF도 겪고 리먼사태 낭떠러지에서도
기사회생하였다

젊은 청춘은 어디 가고
이제는 흰 머리카락의
노인이 되어간다

젊은 시절에는 무거운 쌀자루도 가뿐했는데
이제는 온몸이 파스로 도배되어
물 한 잔 들기가 힘들다

오늘은 월급날

금리도 오르고
원자재 가격도 크게 올랐다
가까스로 급여와 미수대금을 맞춘다

월급날은 빨리 돌아오고
수금 날은 멀게만 느껴진다

모든 것을 내려놓고
자연인自然人으로 살며
시와 수필을 쓰며 살 날을
나는 소망한다

깡통

용광로에서 용솟음치듯
뜨거운 쇳물이 펄펄 끓는다

깡통은 이렇게
출생부터가 달랐다

'나는 할 수 있다'라는 캔아저씨
뜨거운 열정과 용기는
용광로 쇳물로 태어난
깡통을 닮았다

깡통 속에 숨겨진 보물은
아무도 모른다

발명을 한다
시를 쓴다
깡통 속에는 캔아저씨의
꿈이 살고 있다

나의 가치

사십여 년 전
나의 가치는
하루 삼천 원

고난과 역경 속에서도
나 자신을 지켰다

죽음과의 싸움에서도
내 영혼을 지켰다

수많은 도전 속에
사업도 자리를 잡았다

인생의 고진감래苦盡甘來
영혼을 토해내며
시를 쓴다

앞으로의 소망은
시인으로
발명가로
기억되는 것이다

캔아저씨

모든 일은 스스로 알아서 하고
주는 것이 익숙하고
받는 것이 불편한 남자
모든 것을 나누어주고서도
오히려 더 주지 못해 마음 아파하는
인정 많고 마음씨 고운 캔아저씨

세상살이에 쓰러지고 넘어져도
두 발로 단단히 버티고 서서
보란 듯이 하늘 향해 다시 일어서는
오뚝이 캔아저씨

꿈속에서도 생각하는 말
I can dl it!
I can do it!
언제나 희망을 노래하고
마음속의 꿈을 좇는 캔아저씨

나무가 꽃을 피우기 위해
견뎌야 하는 많은 날만큼이나

세상살이에 좌절하고
실패하고 쓰러진 날들이지만
결국에는 성공하는 캔아저씨

이 세상에서
가장 매력적인 남자
수염이 멋진 캔아저씨
우리 모두의 캔아저씨

양은 도시락

난로 앞에 앉으면
추억 하나 떠오른다

조개탄 난로 위에는
양은 도시락이
겹겹이 쌓여 있고

점심시간은 멀었는데
공부보다 코끝은
누룽지 냄새로
벌름벌름

고추장 한 숟가락 넣고
위아래로 흔든다

교실 안은 시끌벅적
숟가락 하나 들고
도시락을 동냥하는 친구들

산해진미 앞에서

가끔 생각나는
양은 도시락의 추억

장작과 연탄

반세기 전만 해도
겨울이면 집집마다
연탄을 들여놓고
장작도 가득 쌓아놓았다

광에 가득 연탄을 쌓아놓고
미소 짓던 어머니

이제는 나무 하러
도시락 싸서 산으로 가지 않는다

오늘 장작 네 마대를 사면서
미소 짓던 어머니 마음이
조금은 이해가 되었다

마당 한켠에 쌓아놓은
장작더미를 보며
아랫목에서 고구마와 동치미
먹던 시절이 그립다
추억이 새록하다

생각하지 못한 이별

어제까지만 해도
솔의 정원 테라스에서
커피와 옥수수 술빵을 즐기셨던
앞집 구순의 어르신이 갑자기 돌아가셨다

정원 잔디밭에서 뛰어놀던
뒷집 강아지 몰라도 이제
얼굴을 볼 수 없다
며칠 사이 어르신과 몰라가 하늘나라로 떠났다

남겨진 또 한 분의 구순 어르신
몰라와 함께 놀던 솔이
그리고 나까지 모두가 슬프다

지금 내리는 가을비도 알고 있는지
내 눈물 되어 같이 슬퍼한다

5부

막걸리와 이별

막걸리잔에
둥그런
그리움이 떠 있다

보고 싶다

그리운 얼굴
그리운 모습들이
술잔에 그려진다

인생은 만남과 이별의 연속

꿀꺽꿀꺽
마음속에 남아 있는
이별을 삼킨다

마음속에 남아 있는
추억도 지운다

막걸리와 아버지

양은 주전자를 들고
막걸리를 사러간다
한 손에 백 원짜리 지폐 쥐고
주전자 흔들며
빠른 걸음으로 양조장을 향해 간다

큰 술독에서는 술 익어가는 소리

주인장이 큰 국자로 주전자 가득
담아주는 막걸리 들고
집으로 향한다

넘칠까 한 모금
호기심에 한 모금
주전자 꼭지에
입을 대고 한 모금

어린 걸음은 팔자걸음이 되고
얼굴은 빨갛게 변한다

수염이 덥수룩한 나는
그 시절 아버지가 되어본다

인생이 힘들어 한 잔
인생이 괴로워 한 잔
인생이 외로워 한 잔
자식 농사 잘 지어 한 잔

막걸리에 취해 아버지가 되어본다
무뚝뚝하고 말이 없던 아버지
비 오는 오늘은 유난히 보고 싶다

보고 싶은 엄마

가을밤
별과 함께 있는 보름달을 본다

하늘나라
엄마도 보고 계실까

아파트로 이사 가던 날
그 누구보다 기뻐하시던 엄마

일곱 남매 모두 제대로 가르치지 못해
미안하다고 하시던 엄마

시인이 된 것을
알고 나면 더욱 기뻐하실 엄마

"우리 아들 기풍이 잘한다"
목소리가 들리는 것은 착각일까

엄마는 달 위에서 보고 계시고
나는 달 아래에서 "엄마—" 하고 불러본다

아버지의 무게

무거운 돌을
달고 있는
나무에서
아버지를 보았다

어젯밤
세찬 비바람에도
흔들림 없이
자리를 지킨 나무

나뭇잎이 모두 떨어지고
벌거벗은 나무의 상처는
가족을 위해 살아오신
아버지의 흔적

아버지라는 이름으로
세상과 가족을 위해
묵묵히
견뎌야 하는

늙고 힘없는 아버지의
무거운 어깨는
쉬고 싶어도
쉴 수가 없다

어머니의 무게

정원 큰 바위에는
돌로 된 두꺼비 모자상이 있다

자식을 업고 있는 모습이
돌아가신 어머니를 생각나게 한다

가녀린 몸으로
나를 업고
밭을 매셨다는 어머니

젖이 나오지 않아
자식들에게
멀건 죽을 끓여 먹이셨다는 어머니

커서도 나를 볼 때마다
"밥 많이 먹어라"
배곯는 설움이 가장 크다고 하셨던 어머니

어머니의 무게는
큰 바위와 닮았고
두꺼비 모자상과 닮았다

어머니 같은 누나

큰누나를 생각하면 언제나
마음 한켠이 쓰리고 아려온다

깡촌에서 아홉 남매 맏이로 태어나
집안일과 농사일을 도맡아 하였으며
가난 때문에 학교도 다니지 못하고
어린 나이에 할아버지 병수발까지 드느라
마음고생도 심했을 것이다

스물세 살에 결혼하고
평생을 사랑받고 행복하게
잘 살 줄 알았지만
매형의 급작스런 비보로
시련과 고난은 또 찾아왔다

자식들이 동네에서 알아주는
효자효녀라고 하더라도
불쑥불쑥 찾아오는
남편의 빈자리가 얼마나 컸을지
나이 들어보니 이제야 조금 알 것 같다

내가 해줄 수 있는 일은
누나에게 매일 전화를 하고
안부를 묻는 일이다
어쩌다 통화가 되지 않을 때는
순간 가슴이 철렁 내려앉는다
금방이라도 달려가고 싶은 마음이다

누나가 혼자 있어도 잘 견뎌내고
자식들이 잘한다는 소식을 들을 때마다
한결 마음이 놓인다

누나의 음식을 먹을 때마다
어릴 때 먹었던 어머니 손맛이 느껴지고
어머니가 다시 살아서
내 옆에 와 계신 것 같다
누나의 음식은 나를 늘 행복하게 한다
그 중 시래기와 두부 요리는 최고이다
누나가 해주는 시래기된장국을
오래도록 먹고 싶다

아홉 남매 중 둘이 일찍 죽고
일곱 남매만 남았었다
몇 달 전 둘째누나의 죽음을 접하고
너무나 슬퍼하고 힘들어하는 모습에
내 마음도 너무 아프고 슬펐다
이제 다섯 남매만 남았다
더욱 사이좋게 잘 지내고 싶다

여러 번의 이사 끝에 큰 집으로 이사를 왔다
소나무와 잔디 마당이 넓은 정원에서
누나의 팔순잔치를 하고 싶었지만
동생을 먼저 보낸 누나의 마음을 알기에
다음 기회로 미루었다

누나는 나에게 어머니 같고
밝게 웃을 때는 해바라기 같다
내가 지치고 힘들 때
누나의 기도는 등대 불빛처럼
환하게 비추며 나를 인도한다

나를 낳아주고 젖 물린 분은 어머니이지만
어린 나를 키워주고, 보살펴주며
지금까지 염려해주고, 사랑해주며
믿어주는 분은 큰누나이다

이제 팔순이 된
어리고 수줍음 많았던 소녀
큰누나가 노아처럼 장수하기를
매일 아침 기도드린다

작은누나

어린 누나는 앞산을 넘어
학교를 간다

산등성을 보며 동생은
기린처럼 목을 빼고 기다린다

멀리서 집으로 돌아오는 누나를 보고
힘차게 소리친다

누나 —
누나 —

저 산 너머 메아리도 소리친다

누나 —
누나 —

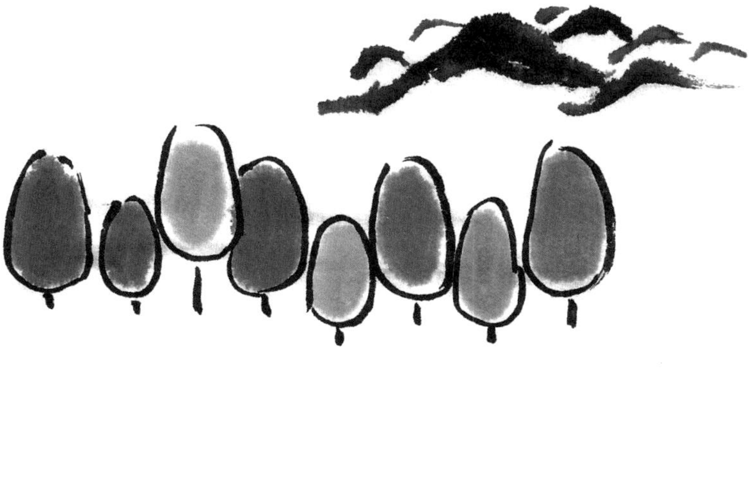

큰딸

나를 보는 듯하다
나의 거울이다

우리 집 대장 소나무처럼
든든한 기둥인 큰딸

동생을 잘 보살펴주고
이끌어주며
배려하는 마음씨 고운 언니

큰딸은
잘 삐지기도 하지만
금방 풀어지는 성격이
영락없는 내 모습이다

나이는 어렸지만 고사리 같은 손으로
나를 도와주던
모든 생각이 긍정적인 큰딸이다

운동화, 양복, 티셔츠는

큰딸이 도맡아 사준다
아빠 건강까지 걱정해주는 효녀이다

존재만으로도 힘이 되는
나의 보물 큰딸이다

작은딸

깊은 밤 하늘에서 내리는
빗방울 하나하나가
내 마음을 아프게 한다

착하고 여린 마음을 가진
작은딸의 눈물이다

속타는 마음을
내 마음과 바꾸어달라고
기도한다

슬피 떨어지는 빗방울이
감사의 눈물이 되어달라고
기도한다

발가락까지도
나와 똑같이 닮은 작은딸
내 목숨같이 사랑하지 않을 수 없다

내리사랑

내가 자식이었을 때
전화 한 통으로도 부모님을 기쁘게
해드릴 수가 있었다

내가 부모가 되어보니
자식이 좋은 대학을 나와
좋은 직장에 다니는 것과
자식들이 직장에서 인정받을 때
부모 마음을 알 것 같았다

세상에 나와
부모님 사랑을 받고
내리사랑을 배웠다

부모님 사랑을 갚을 길은 없지만
자식들이 나에게 효도할 때
내리사랑의 참 의미를 느낀다

나는 참으로 행복한 사람이다

상견례

꿈속 같은 시간이 흘러간다
몇 시간의 상견례 자리가
찰나의 시간 같다

큰딸의 얼굴에서
행복을 보았다
사위의 얼굴에서
사랑을 보았다

마음속에 기쁨 하나 들어온다
염려 하나도 자리를 잡는다

지난 삼십 년의 기억들이
주마등처럼 스쳐 지나간다

행복하게 잘 살아야 할 텐데
아비 마음은
기쁨 반 걱정 반이 된다

가족에게 하고 싶은 말

가족은 이 세상에서
가장 특별한 존재로 맺어진 관계이며
그 관계를 소중하게 생각하고
아름답게 가꾸려고
서로 노력해야 한다

부모 자식은 부부나 형제와는
또 다른 특별한 사이이고
무조건 내 편이며
무조건 믿는 관계이다

가장 소중한 사람들이
하나님의 가르침으로
하나가 된다면
그곳이 바로 천국이다

천국이 멀리 있지 않다
나는 나와 나의 가족이
이 세상에서
천국을 맛볼 수 있기를 소망한다

나의 이야기

산골 초가집에
몽고점을 가진 아이가 태어났다

가난이 싫어
무작정 서울로 상경한 촌놈
공장과 회사생활은
기술과 영업을 가르쳐주었고
돈도 벌게 해주었지만
수치심과 인내심도 알게 해주었다

세탁장비 사업을 통해
상도덕의 예를 배웠고
출판사업을 통해
인생의 겸허함을 배웠다

수십 가지 직업은 나를
"나는 할 수 있다"라는
캔아저씨로 만들어주었다

내 나이 육십

지나온 인생을 되돌아본다

내가 가장 행복할 때는
시를 쓸 때이고
시인이라고 불릴 때이다

인생의 무게가 결코 가볍지 않지만
나를 가장 나답게 하는 것에
집중할 때이다

정원의 꽃들처럼

나는 이사를 좋아하지 않는다
그러나 스물여덟 번이나 이사를 했다
하나님께 솔의 정원이 마지막 이사이기를
기도드렸다

나는 부자가 되는 꿈을 가지고
젊은 시절을 살아왔다
그 꿈을 이루기 위해
많은 노력을 하였다

굶주림과 싸우고
쪽잠을 자고
야학을 다녔다

함께했던 사람들에게 상처를 받고
신용불량자가 되어
은행에 시달리며
밑바닥 인생도 살았다.

밤마다 천장은 쥐들의 운동장이었고

녹물이 나오는 지하수 물은 먹지를 못해
약수터에서 식수를 떠다 먹었다

세상을 경험하면서
나의 꿈도 바뀌었다
나보다 더 어려운
이웃이 있다는 것도 알게 되었다

이런 삶에서 참을성을 배웠다.
이런 삶에서 도전을 배웠다
이런 삶에서 배려를 배웠다
이런 삶에서 사랑을 배웠다

이제는 내 인생도
겨울을 이겨낸
정원의 꽃들처럼
활짝 피어나기를
마음속으로 기도한다

■ 해설

케렌시아Querencia의 시작詩作과 긍정의 시학

백인덕/ 시인

1. 시작, '숄의 정원'에 깃들다

백지에 '인생'이라 써놓으면, 그 기표는 순식간에 특정 존재의 생애라는 구체적 모습을 잃고 하나의 극단적 개념으로 추상화하고 만다. 다시 말해, '인생은 ~이다(과 같다)'라는 형식으로는 그 본질과 가치를 오롯이 드러낼 수 없다는 것이다. 우리가 한 권의 시집에서 기대하는 바도 이와 같다. 형식적이고 추상적인 선언의 나열이 아니라 공감할 수 있는 구체적인 서사와 감응의 의인화를 요구하게 된다. 예나 지금이나 제법 믿을 만한 시작법 안내서에는 시 창작의 바탕을 세 가지 정도로 요약하고 있다.

'기억과 체험과 상상력'이 그것이다. 그 중에서 어느 것을 강조하느냐는 순전히 상황과 지향의 문제지만, 국내에서도 유명한 오스트리아 시인 R. M. 릴케는 그의 자전적 기록인 『말테의 수기手記』에서 "시는 사람이 생각하는 것처럼 감정은 아니다. 시가 만일 감정이라면 나이 젊어서 이미 남아돌아갈 만큼 가지고 있지 않아서는 안 된다. 시는 정말로 경험인 것"이라고 특히 체험의 중요성을 강조하고 있다. 물론 바탕을 이루는 세 요소는 각자 외따로 떨어져서는 시 창작과 같은 인간의 정신활동에서 그 진가를 발휘할 수 없다. 굳이 덧붙이자면 플라톤의 '진眞선善 미美'처럼 서로를 지지하면서 지향하는 관계가 되어야 한다.

안기풍 시인의 이번 시집, 『기산리 개울물 소리』는 사람살이의 구체적 양상, 즉 질곡桎梏과 성취로 요약되는 체험을 간결한 시어와 생생한 이미지로 형상화하여 시집의 밑바탕에 녹아들게 함으로써 자신의 오늘 시작에의 열중과 시인으로서의 자기 정위定位가 결코 허명虛名에 매달리는 처세가 아님을 웅변적으로 보여준다. 따라서 시인이 '솔의 정원'이라 이름지어 부르는 시인의 '케렌시아'가 인생의 보상이기보다는 응당한 귀결이라는 생각을 자연스레 수긍하게 하는 힘을 발휘한다.

산과 개울
그리고 정원이
어우러진 곳

경기를 끝낸 투우장의 소가
휴식을 찾듯이
끊임없이 달려온 지난 날들이
이제는 쉼을 찾는다

살면서 받은 마음의 상처
일하면서 얻은 마음의 상처를
치유하고 추스른다
솔의 정원, 나의 케렌시아

—「나의 케렌시아」 전문

이번 시집의 구성(비약하자면 시인의 인생까지 포함하여)은 '케렌시아'를 기점으로 전후로 구분된다고 볼 수 있다. 케렌시아는 스페인어로 '애정, 애착, 귀소본능, 안식처' 등을 뜻하는 말로, 투우鬪牛 경기에서는 투우사와의 싸움 중에 소가 잠시 쉬면서 숨을 고르는 영역을 말한다. 이를 시인은 "경기를 끝낸 투우장의 소가/ 휴식을 찾듯이/ 끊임없이 달려온 지난 날들이/ 이제는 쉼을 찾는다"라는 자기 고백으로 형상화한다. 또한, 치유의 공간인 '솔의 정원'이 "산과 개울/ 그리고 정원이/ 어우러진 곳"이라는 정보를 마치 스케치의 구도선構圖線처럼 드러내면서 거기서 펼칠 시인의 창작 세계를 한껏 기대하도록 독자를 이끈다.

만약 꼼꼼한 독자라면 표제에 등장하는 '기산리'와 본문의 '양주시', '비암리 장수마을', '광탄 오일장', '37번 마을버스' 등의 상세 정보를 종합하여 '지금-여기'의 어떤 지역을 특정할 수도 있다. 그 작업에 성공하든 실패하든 무엇보다 중요한 점은 '기산리 개울물 소리'가 여전히 시인에게 새로운 일상을 선사하고, 또한 이 순간에는 우리

눈앞에 펼쳐져 새로운 '무릉도원'(「시인詩人 3」)과 '마음속 절해고도'(「고향의 기억」)를 상상할 수 있게 한다는 것이다.

2. 회사후소繪事後素의 시적 의미

시는 언어예술이다. 언어는 크게 음성언어와 문자언어로 나뉜다. '말과 글'이 그것이다. 시가 음성적으로 낭독되지 않는 것은 아니지만, 활자 인쇄가 문화적 기층(基層)인 시대적 상황 탓에 우리는 '글(문자)'의 형식을 갖춘 시에 익숙한 편이다. 스위스의 언어학자 소쉬르에 따르면 언어는 '랑그langue와 파롤parole'로 구분할 수 있다. 그는 언어활동에서 사회적이고 체계적 측면을 '랑그'라고 하였고 개인적이고 구체적인 발화의 실행과 관련된 측면을 '파롤'이라고 불렀다. 랑그와 파롤은 상반되지만 서로 상호보완적으로 작용한다. 다시 말하자면 파롤은 같은 내용의 언어가 사람마다 달라지는 것을 뜻하는 것으로 실제 발화 행위이며, 이러한 다양한 파롤을 가능하게 하는 것이 랑그이다.

안기풍 시인의 이번 시집에 수록된 다수의 작품의 경우, 발화(파롤)의 구체성 즉 경험의 축적을 이해하지 못하고 의사소통의 일반적 의미(랑그)에 의지해 읽으면 시를 오독誤讀하거나 진정한 공감에 닿기 어렵게 된다.

모든 일은 스스로 알아서 하고
주는 것이 익숙하고

받는 것이 불편한 남자
모든 것을 나누어주고서도
오히려 더 주지 못해 마음 아파하는
인정 많고 마음씨 고운 캔아저씨

세상살이에 쓰러지고 넘어져도
두 발로 단단히 버티고 서서
보란 듯이 하늘 향해 다시 일어서는
오뚝이 캔아저씨

꿈속에서도 생각하는 말
I can dl it!
I can do it!
언제나 희망을 노래하고
마음속의 꿈을 좇는 캔아저씨

나무가 꽃을 피우기 위해
견뎌야 하는 많은 날만큼이나
세상살이에 좌절하고
실패하고 쓰러진 날들이지만
결국에는 성공하는 캔아저씨

이 세상에서
가장 매력적인 남자
수염이 멋진 캔아저씨

우리 모두의 캔아저씨

—「캔아저씨」 전문

이 시의 핵심은 '캔can'의 의미에 달려 있다. 일반적으로 우리는 동사보다 명사를 쉽게 인식하고 오래 기억한다. 따라서 '캔-아저씨'라고 하면, 그 캔을 '~할 수 있다'라는 조동사보다는 '깡통'이라는 명사로 파악하여 '깡통 아저씨'라고 쉽게 번역하고 만다. 물론 시인은 이런 이해마저도 부정하지 않는다. 그 이유를 「깡통」이라는 작품에서 "'나는 할 수 있다'라는 캔아저씨/ 뜨거운 열정과 용기는/ 용광로 쇳물로 태어난/ 깡통을 닮았"기 때문이라고 밝힌다. 나아가 지난 내용물이 다 비워진 깡통 속에 '숨겨진 보물'이 들어 있다고 한다.

가령 「나의 가치」에서는 "앞으로의 소망은/ 시인으로/ 발명가로/ 기억되는 것"이라고 선언한다. 이 발명가와 시인이라는 '꿈'이 살고 자라고 있는 깡통, 용솟음치듯 펄펄 끓는 용광로에서 태어난 출생부터 다른 깡통이 우리가 일상에서 마주하는 흔하디흔한 그런 깡통일 리는 만무하다. 인용 작품에서 시인은 "꿈속에서도 생각하는 말/ I can do it!/ I can do it!/ 언제나 희망을 노래하고/ 마음속의 꿈을 좇는" 자신을 '오뚝이 캔아저씨'로 정의한다. 이 정의는 자긍自矜의 드러냄이지만, 동시에 시인이 늘 갖추고자 하는 특성으로서의 '겸손과 희망'의 표출이기도 하다.

'회사후소'는 『논어』에 공자와 제자 자하子夏의 문답 내용 중에 등장한다. 그 사전적 의미는 "그림 그리는 일은 흰 바탕을 마련한 다음에 해야 한다는 뜻으로, 내적인 아름다움을 먼저 갖춘 다음에 외적인 아름다움을 가꿀 수 있음을 이르는 말"이다. 이런 주해註解는 인간의 본성과 그 드러남에 관한 것이지만, 이를 시적으로 변용하면 시 창작에 있어서 '경험'의 순수성과 중요성을 강조하는 것으로 볼 수도 있다.

가난이 싫어
무작정 서울로 상경한 촌놈
공장과 회사생활은
기술과 영업을 가르쳐주었고
돈도 벌게 해주었지만
수치심과 인내심도 알게 해주었다

세탁장비 사업을 통해
상도덕의 예를 배웠고
출판사업을 통해
인생의 겸허함을 배웠다

수십 가지 직업은 나를
"나는 할 수 있다"라는
캔아저씨로 만들어주었다

내 나이 육십
지나온 인생을 되돌아본다

내가 가장 행복할 때는
시를 쓸 때이고
시인이라고 불릴 때이다

—「나의 이야기」 부분

이 작품은 간결할 시행과 많은 내용을 압축한 함축적인 시연으로 구성되었지만, 표제처럼 '나'의 일대기가 파노라마처럼 펼쳐져 있다. '산골 초가집'과 '가난'은 유년의 상징으로 다른 작품, 「서울 상경」에 등장하는 "가난이 싫어 돈을 벌어/ 자가용을 타고 시골 내려가는/ 꿈 하나로 무작정 기차를 탔다"라는 무작정 상경기의 원인이 되고 '공장과 회사생활'은 소년과 청년기의 신고辛苦를, '사업'과 '캔아저씨'는 중장년의 성취와 성숙을 다른 작품, 즉 「나의 가치」와 「캔아저씨」, 「월급날의 비애」 등과 어울려 구체적으로 형상화한다. 또한 '육십'은 자아 성찰의 결정적 계기가 찾아왔음을 보여주는데 가령 「자화상」에서는 "주름진 얼굴에 검버섯/ 검은 머리카락은/ 흰 머리카락에 자리를 내준 지 오래다// 젊은 날의 열정과 패기는/ 거울 속으로 모두 숨어버렸다// 파스가 친구가 되고/ 주름진 얼굴에 덥수룩한 수염이/ 누가 봐도 할아버지이다"라는 한탄을 쏟아내지만, 시인은 곧 "육십대가 되어서야 다시/

꿈을 꾸기 시작했다// 나는 지금/ 시인을 꿈꾸고 있다"(「꿈」)라고 당당하게 밝힌다. 이와 관련해서는 좀 뒤에서 자세하게 언급하기로 한다.

3. 가족의 의미와 사랑의 참뜻

안기풍 시인은 이번 시집의 4부와 5부에서 집중적으로 시인이 '귀속된 가족'과 시인이 '형성한 가족'에 대한 그리움과 염려를 드러낸다. 김소월의 잘 알려진 작품, 「부모」의 2연은 "나는 어쩌면 생겨 나와/ 이 이야기 듣는가?/ 묻지도 말아라 내일 날에/ 내가 부모 되어서 알아보랴?"라는 내용이다. 부모의 심정은 부모가 되어야만 알 수 있다는 뜻일 게다. 시인은 이미 그 경지에 다다른 듯 '솔의 정원'의 나무와 돌을 통해서도 부모의 '무게'를 느끼고 있다.

무거운 돌을
달고 있는
나무에서
아버지를 보았다

어젯밤
세찬 비바람에도
흔들림 없이
자리를 지킨 나무

나뭇잎이 모두 떨어지고

벌거벗은 나무의 상처는
가족을 위해 살아오신
아버지의 흔적

—「아버지의 무게」 부분

정원 큰 바위에는
돌로 된 두꺼비 모자상이 있다

자식을 업고 있는 모습이
돌아가신 어머니를 생각나게 한다

가녀린 몸으로
나를 업고
밭을 매셨다는 어머니

—「어머니의 무게」 부분

긴 설명이 필요하지 않다. '무게'라는 이 두 작품을 읽으면 그 즉시 부모님이 짊어졌을 삶과 양육의 무게가 가슴께로 밀려온다. 나아가 시인은 "누나는 나에게 어머니 같고/ 밝게 웃을 때는 해바라기 같다/ 내가 지치고 힘들 때/ 누나의 기도는 등대 불빛처럼/ 환하게 비추며 나를 인도"하는 「어머니 같은 누나」와 유년을 함께 보낸 「작은 누나」의 기억을 소환한다. 그래서일까, 시인이 형성한 가족에서 특별히 '큰딸'과 '작은딸'이 등장한다. 큰딸은 "잘 삐지기도 하지만/ 금방 풀어지는 성격이/ 영락없는 내 모습이다// 나이는 어렸지만 고사리 같은 손으로/ 나를 도와주던/ 모든 생각이 긍정적인”(「큰딸」) 존재이고, 작은딸은 “착하고 여린 마음을 가진” 존재로 “발가락까지도/ 나와 똑같이 닮은 작은딸/ 내 목숨같이 사랑하지 않을 수 없다”(「작은딸」)라고 서슴없이 밝힐 수 있다. 이런 정황에서 시인은 나름의 가족관, 혹은 참사랑의 의미를 피력할 수 있게 된다.

가족은 이 세상에서
가장 특별한 존재로 맺어진 관계이며
그 관계를 소중하게 생각하고
아름답게 가꾸려고
서로 노력해야 한다

부모 자식은 부부나 형제와는
또 다른 특별한 사이이고
무조건 내 편이며
무조건 믿는 관계이다

가장 소중한 사람들이
하나님의 가르침으로
하나가 된다면
그곳이 바로 천국이다

천국이 멀리 있지 않다
나는 나와 나의 가족이
이 세상에서
천국을 맛볼 수 있기를 소망한다

—「가족에게 하고 싶은 말」 전문

시인은 '가족에게' 천국을 향해 가는 믿음만큼 가족 안에서 '천국을 이루는 것'의 중요성을 강조한다. 이는 온 가족이 하나의 믿음으로 화합할 때 가능한 것임은 물론 이려니와 "세상에 나와/ 부모님 사랑을 받고/ 내리사랑을 배웠다// 부모님 사랑을 갚을 길은 없지만/ 자식들이 나에게 효도할 때/ 내리사랑의 참 의미를 느낀다"(「내리사랑」)라는 술회에서 '내리사랑'으로 맺어진 깊은 유대를 유추할 수 있다.

4. 다시 고향, '시'로 비상하다

시인은 '고향을 잃은 자'이다. 현실적인 의미에서 실향민失鄕民이나 수몰지구의 이주민移住民이란 뜻이 아니고, 모국어母國語라는 더 큰 울타리 안에 기거하고자 기꺼이 자신을 낳고 기른 일상의 언어에서 탈출하는 자라는 의미이다. 시인은 또한 '훤소喧騷'를 멀리하는 존재인데, 이를 안기풍 시인은 "무릉도원 솔의 정원에서/ 시끄러운 세상과 담을 쌓는다"(「시인詩人 3」)라고 밝힌다. 그러면서도 같은 작품의 마지막 연에서 "시인의 사명으로/ 그 순간을 써야 한다/ 시인으로 살아가는/ 형벌이며 축복"을 깨닫고 감내하겠다는 온전한 의지를 드러낸다.

안기풍 시인은 간절한 바람이 있다. 시인은 「정원의 꽃들처럼」에서 "나는 이사를 좋아하지 않는다/ 그러나 스물여덟 번이나 이사를 했다/ 하나님께 솔의 정원이 마지막 이사이기를/ 기도드렸다"라고 밝힌다. 굳이 이유를 묻자면 '사업' 때문이었겠지만, 시인은 여기서도 '불가근불가원不可近不可遠'의 지혜를 얻는다. 그리고 이제 "살아온 날보다 남은 인생이 짧다/ 거울 속 내 자화상을 웃게 하고 싶다"(「자화상」)라는 강한 바람으로 '솔의 정원'의 나날을 보낸다.

글을 쓰는 순간엔
내가 살아 있음을 느낀다

인생의 모든 것은 의미가 있다
무의미한 삶은 죽음과도 같다

살다보면 죽음이
가까이 오기도 하고
고난과 역경이 오기도 한다

나를 돌아보게 된다
뜨거운 심장이 뛰고 있다
나는 아직 살아 있다

—「살아 있다고 느낄 때」 전문

시 창작에는 이런저런 계기가 항상 선행하지만, "글을 쓰는 순간엔/ 내가 살아 있음을 느낀다"라는 선언보다 더 강한 모티프는 아마 없을 것이다. 시인은 그 벅찬 순간을 "나를 돌아보게 된다"라는 성찰의 동기로 삼아 이를 통해 "뜨거운 심장이 뛰고 있다/ 나는 아직 살아 있다"는 강한 긍정의 시학으로 완성한다. 게다가 "시를 사랑하는 사람들이/ 기산리 별천지에 모였다// 커피 향 가득한 테라스에서/ 반백의 여자들과 남자들이/ 인생을 논한다// 시인, 선생님, 기자, 복지사/ 발명가, 농부, 주부/ 모두 하는 일은 다르지만/ 문학소녀, 문학소년이었던 사람들"(「원송문학회」)과 함께라면 더할 나위 없을 것이다.

안기풍 시인은 이번 시집의 3부에서 집중적으로 자신의 '시적 지향'과 '시인론'을 풀어내고 있다. 시인은 "책이 좋아/ 밤을 새워 책을 읽"(「책이 주는 기쁨」)으며 "책장 속에서/ 수많은 인생을 만나고/ 변화하는 나를 만"(「책장」)나는 과정에서 "마음이 따뜻하고/ 생각이 맑은 사람/ 세상을 밝게 보고/ 언제나 웃는 사람// 그런 사람이 시인이/ 되었으면 좋겠다"(「시인詩人 2」)라는 시인관을 갖게 되었다. 물론 "나도 그런 사람이면 좋겠다"라는 희원希願을 드러낸다.

"시가 좋아/ 매일 시를 쓰는 사람"이 게다가 "시에는 내 영혼이 들어 있다"(「시인詩人 3」)라고 당당하게 선언할 수 있는 사람이 안기풍 시인이다. 그는 "시인 세 사람이 모이면/ 하는 말에 날개가 달려/ 온 세상을 아름답게 물들인다// 시인들이 모여 있는 모든 곳은/ 그들만의 지상낙원이 된다"(「시인 예찬」)라고 주장한다. 이것은 단순한 주장이 아니라, 안기풍 시인이 보여주는 '긍정의 시학'의 요체要諦이다. 그의 '솔의 정원'에 언제나 시로 물들이는 날개가 펄럭이길 바라마지 않는다. 여러 날개가 어울려 더 다채롭게 날아다니는 꿈을 꾸게도 된다. ▨